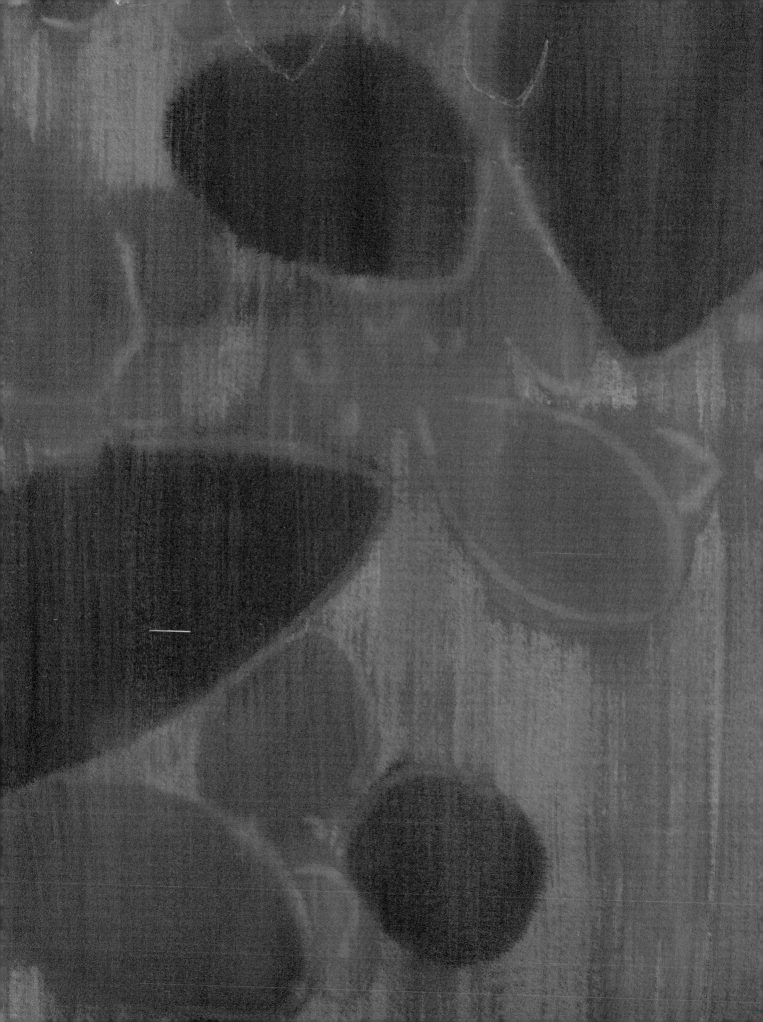

En español también, de Helen Cowcher:
EL BOSQUE TROPICAL

LA TIGRESA

HELEN COWCHER

TRADUCCIÓN DE AÍDA E. MARCUSE

MIRASOL/*libros juveniles*
FARRAR, STRAUS AND GIROUX
NEW YORK

Los chillidos de los monos, rápidos
y agudos, advierten a los ciervos
del santuario de la selva que
una tigresa se acerca.

Fuera del santuario, las mujeres juntan madera,
los animales pastan y los pastores charlan.

La tigresa y sus cachorros trepan al borde del santuario.
La tigresa husmea el aliento de los camellos
y el olor de las cabras, traídos por un soplo de viento
desde las rocas de abajo.

La tigresa sale del santuario, avanza sigilosamente
por las espinosas malezas y entra en las tierras prohibidas.
Otra vez los estridentes y perentorios chillidos de los monos
estremecen el aire.

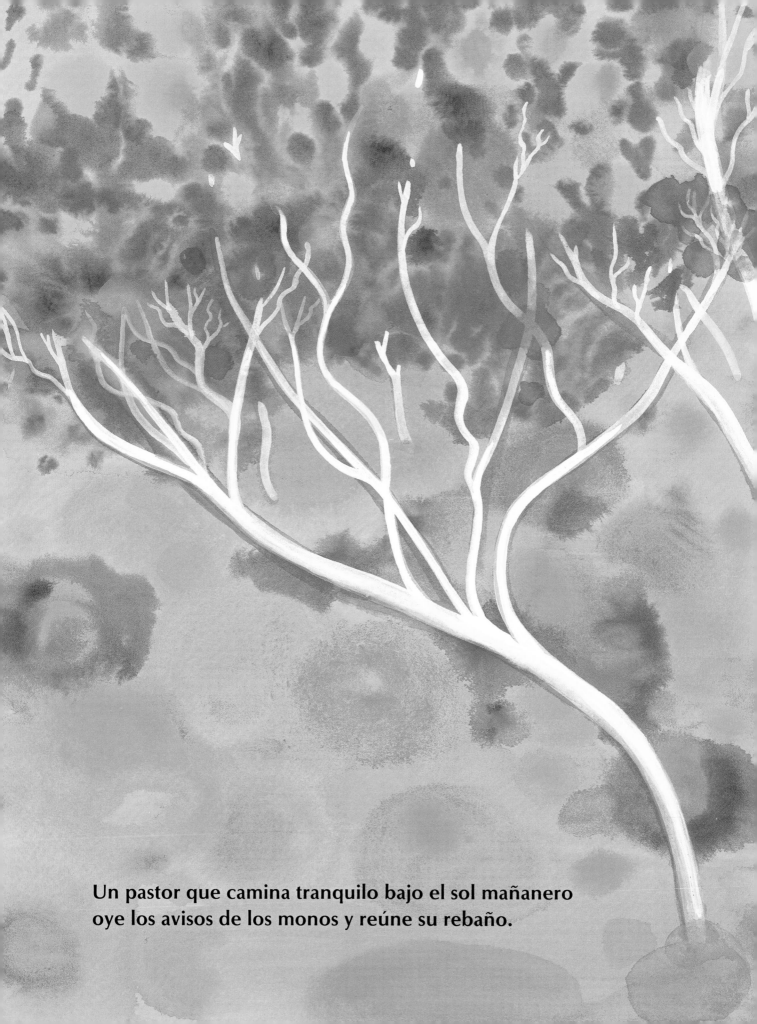

Un pastor que camina tranquilo bajo el sol mañanero
oye los avisos de los monos y reúne su rebaño.

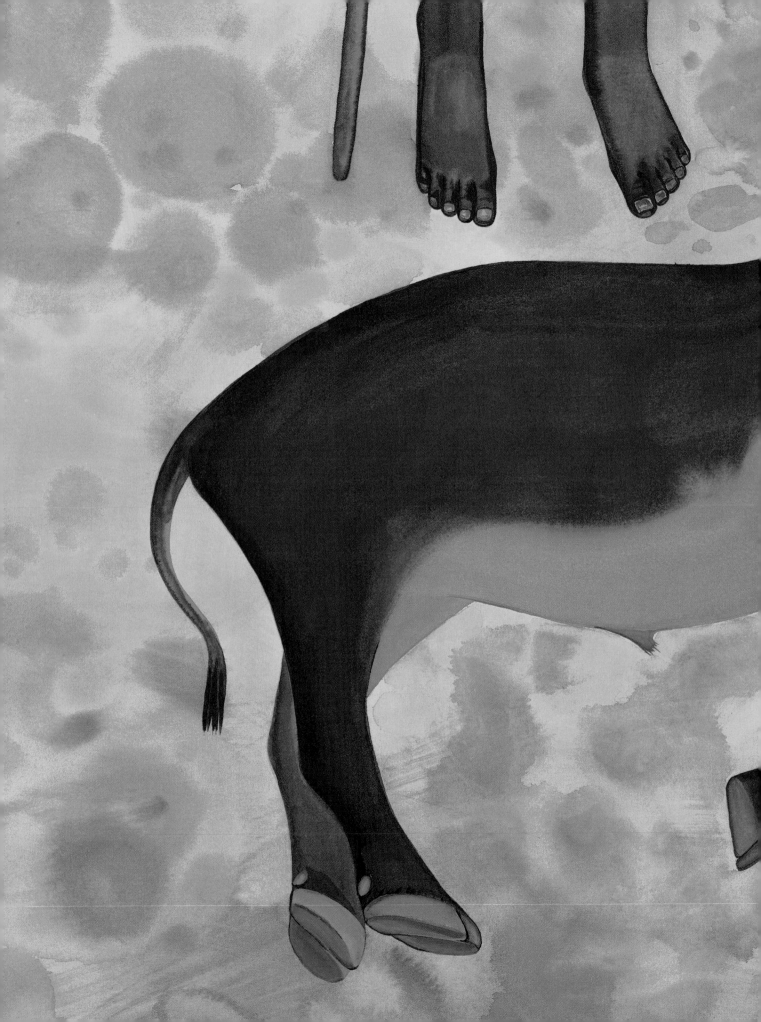

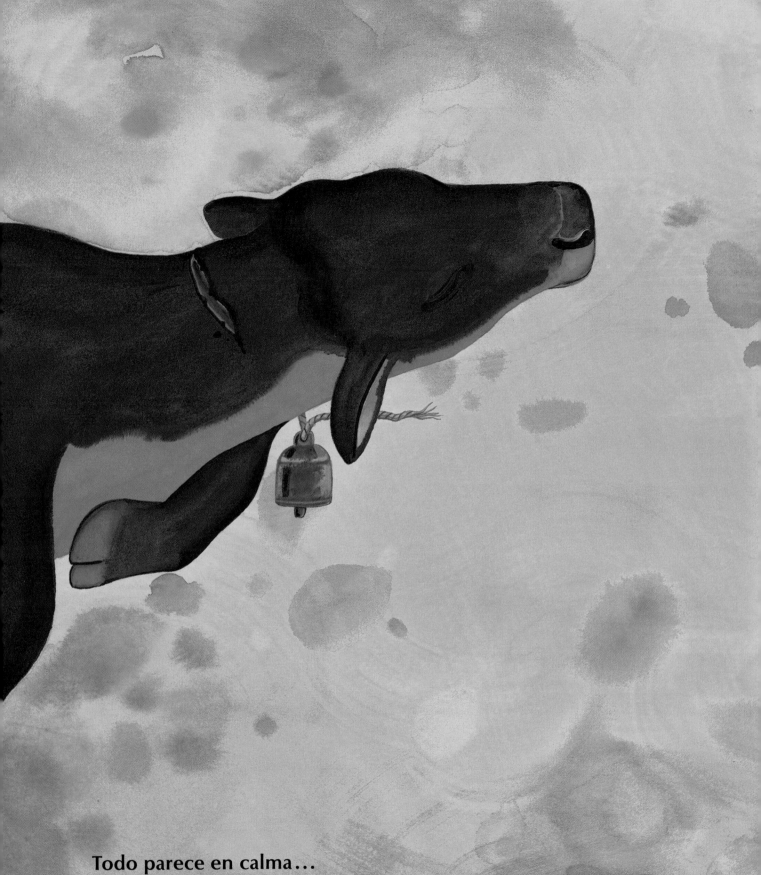

Todo parece en calma…
Pero de pronto, en una feroz arremetida, la tigresa ataca…
¡y un joven buey yace muerto!

El pobre pastor no puede permitirse perder
un buey, ni sus amigos tampoco.
Así que corre a advertirles el peligro.

Entretanto la tigresa y sus cachorros beben agua en el abrevadero.

Pronto la madre los llevará a comer el animal que mató.

Los hombres conducen sus rebaños
y las campanillas de las cabras repiquetean
cuando se dispersan por la colina rocosa.

¡Esa noche,
después del crepúsculo,
aparece muerto un camello
extraviado!

Ansiosos cuchicheos murmuran en el aire fresco.
Junto al fuego, algunos pastores hablan de envenenar la carne
del camello antes que la tigresa vuelva a comerla.

El guardián del santuario
comprende que los pastores
quieran salvar sus animales,
¡pero él tiene que encontrar
un medio de salvar también
a la tigresa!
Y pronto, entre todos,
urden un plan.

Esa noche, cuando la tigresa vuelve por su presa,
viento arriba la acechan, silenciosas
y quietas, varias sombras vagas.

De pronto en la oscuridad irrumpen detonaciones,
fogonazos y vuelan chispas por todos lados,
dejando abierto tan sólo
el camino hacia el santuario.

La tigresa y sus cachorros, sobrecogidos de miedo,
huyen despavoridos mientras a sus espaldas
los persiguen los petardos.

Al alba han llegado a la seguridad del santuario.
Todo está en calma y al fin pueden descansar.

Del borde del santuario el aire
aún trae tufos de camellos y cabras.
La tigresa frunce la nariz,
husmea…y se echa a dormir.

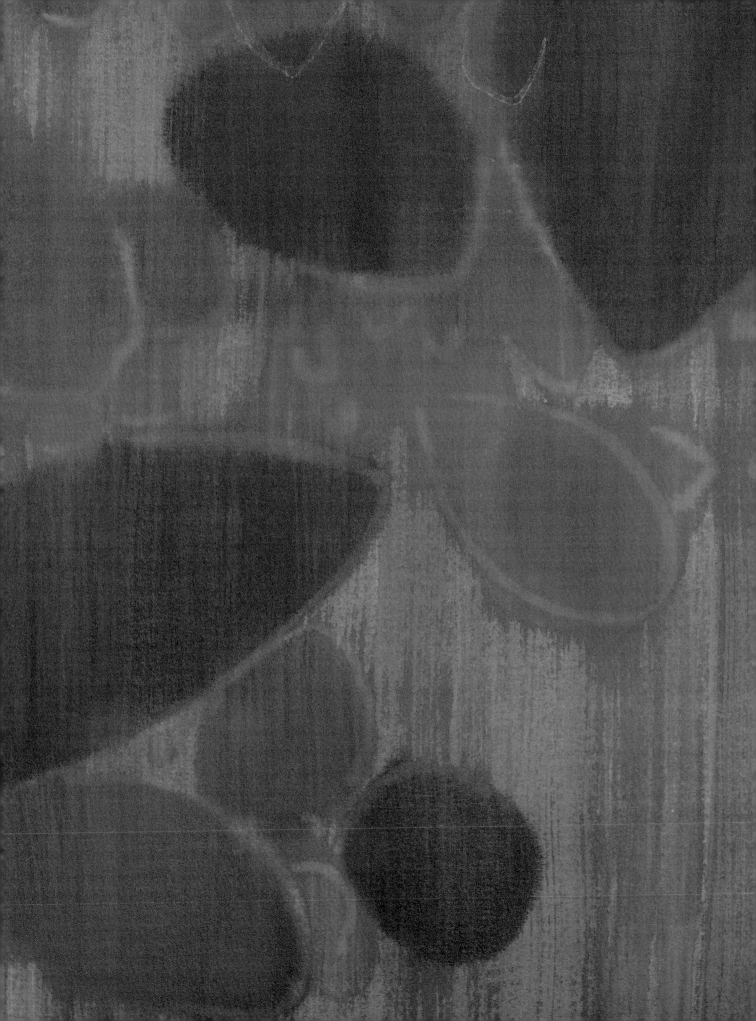